BIBLIOTHÈQUE POPULAIRE.

REMÈDE

AUX

MAUX ACTUELS DE LA SOCIÉTÉ,

MAISON DES ORPHELINS,

Allées des Noyers, 26.

—

BORDEAUX.

1850.

BORDEAUX. IMPRIMERIE D'ÉMILE CRUGY,
Rue et hôtel Saint-Siméon, 16.

REMÈDE

AUX

MAUX ACTUELS DE LA SOCIÉTÉ.

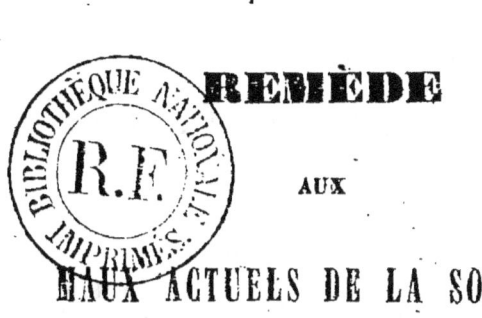

Il n'y aura de salut pour la société, qu'autant qu'elle se réformera selon les principes chrétiens. C'est pourquoi nous nous considérons comme envoyé pour répéter sans cesse et reproduire sous toutes les formes cette parole des prophètes : « Jérusalem, Jérusalem, reviens vers le Seigneur ton Dieu. » Plus nous étudions le corps social dans tout ce qui constitue son existence et sa vie, plus nous y reconnaissons des germes de dissolution et de mort; « depuis la plante des pieds jusqu'au sommet de la tête, nous n'y trouvons aucune partie saine; » et remontant des effets à la cause, nous sommes forcés d'avouer que les vices de la société moderne sont le hideux écoulement de ses doctrines. « D'où proviennent tant de maux, s'écriait Jérémie, sinon de ce que la nation a délaissé le Seigneur son Dieu, alors qu'il la conduisait lui-même dans le chemin de la prospérité et de la gloire? » Nos pères « ont dit à Dieu de se retirer loin d'eux; » Dieu s'est retiré en effet, et, pour nous châtier, il n'a eu besoin que de nous laisser à nous-mêmes. Aussitôt mille questions depuis longtemps résolues par l'Evangile sont redevenues des problèmes. L'équilibre était rompu; la société était livrée à mille souffrances intestines; chaque jour révélait ou créait de nouveaux obstacles. Longtemps nous avons espéré nous rendre maîtres du mal : longtemps nous nous sommes repus de brillantes chimères. Si quelque lueur brillait à l'horizon, son apparition était saluée avec transport. Puis le malaise durait toujours; la maladie se compliquait davantage. Enfin toutes nos illusions se sont envolées, toutes nos espérances ont été déçues; et si, au milieu du doute et de la peur qui travaillent toutes les âmes, il reste aujourd'hui une conviction ferme et arrêtée, c'est qu'il n'est au pouvoir d'aucune force humaine de délivrer la société des maux sans nombre qui l'accablent. — Que faire donc? — Que faire? Il n'y a pas de milieu; il faut périr, ou revenir à Dieu. Choisissez : l'abîme est devant vous; et, derrière vous, l'église de Jésus-Christ vous rappelle et vous tend les bras. « Jérusalem, Jérusalem, reviens vers le Seigneur ton Dieu ! Et pourquoi voudrais-tu mourir, maison d'Israël?.... As-tu donc pris un parti si désespéré que, déjà penchée sur le précipice, tu veuilles t'y ensevelir plutôt que de faire quelques pas vers ton Sauveur? As-tu donc conçu une haine si passionnée contre Dieu, qu'elle l'emporte sur l'instinct de ta propre conservation? Maison d'Israël, pourquoi veux-tu mourir? Reviens à moi, je suis ton Père; je n'aurai point pour toi de paroles amères : car je ne veux point ta mort, mais que tu te convertisses et que tu vives. » Ainsi parle le Seigneur à la nation égarée.

Mais comment une nation entière revient-elle à Dieu? Nous l'avons dit : la nation c'est l'ensemble des hommes, c'est la réunion des familles ; et toute conversion particulière contribue, plus puissamment qu'on ne pense, à préparer et à déterminer la conversion générale. Cependant, nous devons l'avouer, parmi les individus il en est dont la conversion a plus d'autorité et d'importance ; le sort d'une contrée entière est entre les mains de quelques hommes dont l'exemple devient sa loi. C'est pourquoi, bien que nos paroles doivent être utiles à tous, nous voulons surtout établir aujourd'hui que la conversion est le besoin et le devoir spécial de quelques-uns, c'est-à-dire de ceux qui, à cause d'une supériorité quelconque de fortune, de considération, d'intelligence, d'autorité, sont devenus les chefs du peuple qui les entoure. La question est délicate. Nous parlerons avec toute la franchise, mais aussi avec toute la charité que comporte et qu'exige notre ministère.

Il est écrit dans les livres saints que « Dieu a donné à chacun des hommes une mission, une sorte de mandat pour ce qui regarde les intérêts éternels de son prochain ». Cette mission, ce devoir obligent surtout quiconque est placé au-dessus de ses semblables ; et les aînés du siècle s'approprieraient le langage du premier d'entre les homicides, si, à la religion qui leur demande compte de l'âme de leurs frères, ils osaient répondre comme lui : « Est-ce que je suis constitué gardien de mon frère ? » Les hommes influents d'une province, d'une ville, d'une bourgade, d'un hameau auront à répondre non seulement de leur âme, mais d'un grand nombre d'âmes ;

et leur responsabilité ne concerne pas seulement le monde à venir, elle est immense dès le siècle présent. Hélas! et s'il était vrai que ce sont eux qui ont mis en crédit l'impiété, et donné naissance à tous les maux que l'impiété traîne à sa suite, ce serait pour eux un devoir plus impérieux encore d'imprimer désormais le mouvement de retour à la religion, et de restituer ainsi à la société tous les biens que la religion apporte avec elle.

Mais j'entends une voix qui s'élève et qui me dit : Est-ce qu'aujourd'hui tous les hommes qui ont quelque valeur, et surtout qui possèdent quelque chose, ne proclament pas unanimement que le temps de l'incrédulité est passé, et que la religion est un besoin profond de notre époque? Oui, cela est vrai. La société a fait un grand pas; à part quelques retardataires, quelques incorrigibles, les esprits ont marché, se sont amendés. On répète dans une certaine sphère moyenne, comme autrefois dans une sphère plus élevée, que la religion est indispensable pour maintenir les classes inférieures. Nous entendons les noms de Dieu, de providence; on parle de morale, de morale religieuse; quelquefois même on hasarde les noms de Jésus-Christ et de l'Evangile. On va plus loin; on se met à l'œuvre, on écrit des livres sur la question, on vote et l'on dépense des millions pour la réformation des mœurs; l'enfant, le pauvre, l'ouvrier sont l'objet des dissertations les plus circonstanciées, des considérations les plus touchantes. Que manque-t-il donc à cette croisade, et que faudrait-il pour obtenir le succès? Ce qui manque chez ces nouveaux apôtres, c'est premièrement la conviction, et secondement l'exemple pratique ; d'où il arrive que leurs enseignements sont inefficaces, et parce qu'étant purement humains ils ne sont pas bénis de Dieu, et parce qu'étant inconséquents et intéressés ils ne sont pas recevables de la multitude. Ce qu'il faudrait donc, ce qui serait indispensable au succès de l'entreprise, c'est que tous ceux qui veulent réformer la société au nom de Dieu et de l'Évangile, commençassent par se convertir eux-mêmes sincèrement, pratiquement, entièrement. Ne perdons de vue aucune de ces idées.

Plus d'une fois nous avons eu la satisfaction de nous rencontrer avec des hommes graves et sérieux, vraiment préoccupés du sort de l'humanité, désireux d'être utiles à leurs semblables, apportant à l'œuvre de la régénération sociale une volonté et un dévouement dignes de tous éloges. Ils avaient vu, d'une part, que les conditions supérieures sont à la veille d'être envahies par les passions de la multitude ; d'autre part, que les mauvais instincts de la multitude lui sont infiniment nuisibles à elle-même. Ils avaient compris qu'il fallait trouver une digue à opposer à ce débordement ; et, après mille autres tentatives, ils s'étaient enfin convaincus qu'il fallait demander à la religion son appui, à notre ministère son concours. Ou du moins, apôtres laïques d'une société sécularisée, ils se montraient disposés à faire avec nous, et au besoin à notre place, ce que nous avons fait si heureusement pour le peuple dans d'autres siècles ; et ils nous priaient avec bonne foi de leur communiquer le secret de notre ascendant sur les âmes, de les investir d'une portion de notre sacerdoce spirituel. Mais bientôt

nous éprouvions une surprise profonde. Ces hommes, si ardents à mettre en jeu tous les ressorts de
la foi chrétienne, nous étions forcés de le reconnaî-
tre, ils ne possédaient pas cette foi dans leur
âme. — L'Evangile de Jésus-Christ enseigne au
pauvre l'amour de sa condition malheureuse, le respect de la propriété à celui qui ne possède pas, à
l'enfant la dépendance envers ses parents, à tous
les lois de la probité et de l'honneur. En tout cela,
l'Evangile de Jésus-Christ est excellent, disent-ils;
nous tirerons parti de l'Evangile. Mais Jésus-Christ
est-il le fils de Dieu? Le christianisme est-il une
institution surnaturelle? L'Evangile est-il un livre
venu du ciel, ou seulement le dernier effort de la
sagesse et de la raison humaine? Faut-il admettre
les miracles par lesquels il tend à établir son origine
divine? Que faut-il penser des mystères qu'il propose à croire? Questions inutiles. L'Evangile est
excellent, tel qu'il est, pour la plupart des hommes;
ne discutons pas sa valeur religieuse; qu'il nous
suffise de nous en servir comme d'un code vérita-
blement accompli. Quant à nous, nous nous abstiendrons d'examiner le fond des choses. Nous
avons reçu une éducation qui nous place au-dessus
du besoin d'une religion révélée et positive; et
d'ailleurs, nos intérêts nous interdisent assez les
passions inquiètes et turbulentes que nous voulons
réprimer dans les conditions vulgaires.—Ainsi rai-
sonnent ces hommes. Ils ont l'Evangile à la main,
et ne l'ont pas dans le cœur; ils enseignent, mais
ils ne croient pas.

Encore si l'inconvénient s'arrêtait là: l'incrédulité privée de l'apôtre est un fait lamentable, mais

un fait intérieur qui peut être dissimulé, qui se soupçonne, mais qui ne se démontre pas. Malheureusement la religion à certaines exigences qui vont rendre manifeste le côté faible de ces instituteurs du peuple.

- L'Evangile, auquel on fait ainsi appel pour la réforme des multitudes, prescrit des devoirs dont l'accomplissement est visible et se réfère a des actes publics et solennels. De ces pratiques sensibles, de ces devoirs extérieurs dépend toute la vertu, toute l'efficacité de la morale évangélique; sans l'accomplissement de ces observances, le christianisme ne garantit plus aucun des fruits qu'on lui demande. — Il est vrai, disent les plus raisonnables, qui veut atteindre la fin, doit subir les moyens; puisque nous demandons à l'Evangile ses résultats, laissons-le prescrire librement toutes ses pratiques, qui sont au moins relativement bonnes; au besoin, nous les recommanderons nous-mêmes au peuple. Mais pour notre compte, comme nous n'avons pas dit notre dernier mot concernant la valeur réelle et absolue de l'Evangile, nous nous abstiendrons de toutes ces observances gênantes, tombées en désuétude pour la plupart des hommes de notre condition. — Et, en effet je remarque que ces hommes, si zélés pour la réforme de leurs concitoyens, ne se mêlent jamais à eux dans les circonstances religieuses les plus obligatoires. A Dieu ne plaise que je perce le mur qui me dérobe et qui doit me dérober leur vie privée. Mais il est un fait patent : on ne les rencontre pas dans le temple; ils ne donnent jamais l'exemple de l'assistance à la prière publique; le dimanche les voit enfermés dans leur cabinet, où ils écrivent gravement sur les questions de régénération sociale : la prédication évangélique ne peut faire arriver à leurs oreilles aucun de ses enseignements, toucher leurs cœurs d'aucune de ses grâces. Inutile de dire qu'ils ne s'approchent pas des tribunaux sacrés, et qu'ils ne s'asseoient pas plus avec le pauvre à la table divine qu'ils ne s'astreignent à partager avec lui le pain noir de sa misère ou de sa réclusion. Mais à cela près, ces hommes ont du dévouement, de l'intérêt pour l'humanité; quelquefois ils sont généreux, compatissants; en un mot, ce sont des apôtres auxquels il ne manque que de croire ce qu'ils enseignent et de pratiquer ce qu'ils prêchent.

Après cela, comment se fait-il que la multitude ne se laisse pas docilement persuader, et qu'elle résiste à ce prosélytisme si entraînant? Comment se fait-il que, pendant vingt années et plus, tant de statistiques, tant de rapports, tant de brochures et de discours philanthropiques, tant d'annales de bienfaisance, tant de créations dispendieuses n'aient pas renouvelé la face du monde moral, mais au contraire aient abouti à la plus effroyable, à la plus menaçante de toutes les situations? Eh quoi! douze pauvres pêcheurs ont changé l'univers; et l'on verra les hommes les plus considérables, les publicistes, les économistes les plus distingués d'un pays, disposant de toutes les ressources de la puissance publique, échouer complètement dans leur noble entreprise? Qui pourra nous expliquer ce mystère?

N'allez pas croire que nos paroles soient empreintes d'ironie ou d'amertume. En ces jours dif-

ficiles, qui succèdent à des crises qu'avaient pro-
voquées des torts communs à la société tout entière,
certes nous avons mieux à faire que nous adresser
de mutuels reproches, c'est de nous éclairer réci-
proquement sur les vrais besoins de notre époque.
Au milieu de l'égoïsme général, tout homme qui
consacre ses veilles, ses réflexions, sa vie, à la sainte
occupation de guérir les plaies de la société, ac-
quiert des droits à la reconnaissance publique. Et
lors même qu'il se trompe dans l'emploi des moyens,
la religion lui doit encore des bénédictions et des
encouragements. Mais ne lui doit-elle pas aussi des
avertissements et des conseils? Et ne pourra-t-elle
pas, comme preuve de sa sympathie, apporter ses
lumières et ses enseignements?

Or, nous disons que cette sorte d'apostolat exercé
par les hommes du siècle, cet apostolat dénué de
la conviction et de l'exemple pratique, est condamné
à la stérilité et à l'impuissance. Et, entre mille autres raisons, nous insistons premièrement sur ce
qu'il ne peut pas être béni de Dieu, attendu qu'il
est purement humain; et secondement sur ce qu'il
n'est pas recevable de la multitude, attendu qu'il
est inconséquent et intéressé.

La première condition du succès pour un apôtre,
c'est la grâce de Dieu. « Nous semons, nous plan-
tons, dit saint Paul, mais c'est Dieu qui donne l'ac-
croissement. » Le travail est de l'homme, le résultat est de Dieu. Or Dieu n'accorde et ne doit accor-
der sa grâce qu'autant qu'elle produira des fruits
qui tournent à sa gloire. Serait-il concevable que
Dieu fît servir ses dons surnaturels à une autre
cause que la sienne?

— Je vois un apôtre chrétien ; que se propose-t-il ?
La gloire de Dieu, son règne sur la terre, le triomphe de la vérité. Il veut que Dieu soit connu, aimé,
et que, dans l'accomplissement de leurs devoirs envers Dieu, les hommes trouvent l'espérance du
bonheur éternel et un avant-goût de ce bonheur
ici bas. — Voilà son but. Quels sont ses
moyens ? — Ceux que Dieu lui-même a fournis.
Pour conduire les hommes à leur fin, Dieu a donné
une religion ; il a envoyé son Fils sur la terre ; ce-
lui-ci a laissé un Evangile, une Eglise, c'est-à-dire,
un livre qui renferme une foi, une loi, et une société qui enseigne cette foi, qui prêche cette loi.
L'apôtre est l'homme de l'Evangile, l'homme de
l'Eglise. Peu confiant en ses propres forces, il prie
incessamment le Seigneur de féconder ses travaux.

Et s'il atteint le but, il ne s'attribuera pas l'honneur de la victoire ; à ses yeux, il demeure « un ser-
viteur inutile », un instrument sans valeur : c'est
Dieu qui a parlé par sa bouche, agi par son ministère. — Ah! nous comprenons qu'ici Dieu bénisse
l'apostolat de l'homme, le dévouement de l'homme ;
car cet homme n'enseigne pas pour lui-même, mais
pour Dieu.

— Je vois un apôtre selon le monde, que se propose-t-il ? — La gloire de Dieu ? — Il ne songe pas
même à s'élever jusque-là. — Le triomphe de la
vérité ? — « Qu'est-ce que la vérité ? » il n'y a jamais guère pensé. Il veut la tranquille conservation
de l'ordre, et d'un état de choses dans lequel la
meilleure part lui est assurée ; il désire la plus
grande somme de bonheur possible pour tous, sans

que la félicité acquise de l'un ait rien à craindre de la félicité à peine ébauchée de l'autre. — Voilà son but. Quels sont ses moyens? — Tous ceux indifféremment que lui suggère la philosophie ou la religion. Les moyens humains, il les préfère ; mais s'il reconnaît leur insuffisance et leur inefficacité, il se résigne à faire usage des moyens religieux. Du reste, il n'a personnellement aucune foi dans leur puissance surnaturelle ; il les emploie comme des moyens heureux qui ont acquis de l'ascendant sur les hommes ; il les emploie jusqu'à ce qu'ayant atteint son but, il puisse les abandonner et les répudier à tout jamais. Et s'il arrive à ses fins, c'est à lui-même et non pas à Dieu qu'il en rapporte la gloire et le fruit ; en travaillant dans l'intérêt de sa fortune, il n'a pas oublié celui de sa vanité, et Dieu n'est entré pour rien dans ses calculs. — Or est-il possible que Dieu bénisse et qu'il féconde un tel apostolat? Non, évidemment non; l'apôtre ici n'est qu'un homme, il ne se propose rien que d'humain ; Dieu n'a pas intérêt à intervenir, il ne mettra pas sa puissance au service de l'égoïsme et de l'ingratitude.

Mais cet apostolat que Dieu ne bénit pas, comment la multitude l'accueillera-t-elle? Quand un apôtre m'enseigne ce qu'il croit, sa parole a un accent de persuasion qui me pénètre et qui fait passer en moi sa propre conviction. Quand un apôtre me prêche ce qu'il fait, son exemple a une puissance d'entraînement qui me détermine et me tire à sa suite. François d'Assise croit en Jésus-Christ qui a dit : « Bienheureux les pauvres ! » Il y croit, et, en preuve, transfuge volontaire de la richesse, il distribue sa fortune aux malheureux et se voue à la pauvreté. La foule le voit, l'entend; sa parole, son exemple sont sans réplique. Mais que la foule puisse soupçonner l'apôtre de ne pas croire ce qu'il enseigne, de ne pas pratiquer ce qu'il prêche ; dès lors son apostolat a perdu toute vertu. Voilà ce qui rend et ce qui rendra longtemps encore inutiles tous les efforts tentés aujourd'hui au nom de la société pour la régénération sociale. Que voyons-nous ? Le père veut moraliser son fils, le riche veut moraliser le pauvre, l'honnête homme veut moraliser le coupable ; mais chacun veut moraliser autrui au nom d'une doctrine à laquelle il ne croit pas, d'une religion à laquelle il ne se conforme pas. Prenons un exemple.

Qui n'a souvent admiré les estimables préoccupations d'hommes éminents de notre époque, qui ont comme voué leur existence à l'heureuse pensée de faire servir le châtiment des coupables à leur amendement ? La société est descendue dans sa propre conscience ; elle s'est demandé si elle avait fait assez pour le criminel, si elle n'était pas complice de ses fautes. Elle a reconnu que la prison était une école de vice, où l'âme qui n'était qu'effleurée par le mal perdait bientôt tout reste de pudeur ; où le jeune cœur qui n'avait encore trouvé en lui-même qu'une première pensée perverse, ne tardait pas à se mettre au niveau de la perversité consommée des compagnons de sa captivité. Elle s'est émue de cet état de choses; elle a médité une réforme, elle tente de l'exécuter, et voici ce qu'elle a fait. Elle a commencé par séparer le coupable du coupable, afin que la corruption de l'un ne s'augmentât pas de toute la corruption de l'autre, et que ces âmes avilies et dégénérées ne travaillassent plus avec une sorte d'émulation à leur démoralisation mutuelle. Je sais que les avis sont partagés sur l'opportunité de cette séquestration et de cet isolement. Les sages ont objecté que, pour être supportée avec résignation et avec fruit, cette solitude exigerait dans le captif la vertu d'un anachorète, les longues habitudes de méditation, de prière, de vie intérieure d'un Trappiste ou d'un Chartreux; que, pour l'homme qui est loin d'être accoutumé à vivre seul avec Dieu, rien n'est plus affreux que d'être seul avec soi-même, avec son crime, avec son remords stérile et impuissant; que l'isolement inspire alors un désespoir, une sorte de frénésie et de rage qui conduit aux vices les plus abominables et aux derniers raffinements de la corruption. L'objection est grave. On a cherché à y répondre que l'isolement, la solitude absolue ne sont point une condition directe et nécessaire de ce système de réforme; que l'unique pensée des réformateurs est d'éloigner le coupable du coupable, de lui retrancher tout contact dangereux; mais qu'en dehors de là, leur soin, leur désir est de le mettre en rapport avec tous ceux de ses semblables dont le commerce pourra lui procurer quelque bien. Le prêtre, dit-on, l'homme de Dieu, entrera chaque jour dans la cellule du reclus; le frère des écoles chrétiennes, la fille de charité lui apparaîtront plusieurs fois le jour, comme des anges du ciel, lui apportant l'aliment de son corps, et ne se retirant jamais sans avoir fourni quelque aliment utile à son âme. Le magistrat, le publiciste, le philanthrope ne dédaigneront pas de pénétrer quelquefois dans ce réduit.

On y verra même descendre le luxe et la richesse,
qui se seront parés la veille et qui auront payé tri-
but au plaisir dans l'intérêt de la misère. En un mot,
la société députera auprès de cette âme flétrie
qu'elle veut réhabiliter, tout ce qu'elle renferme
dans son sein de dévouements intelligents et généreux. — Je le veux; et je veux aussi que l'infortuné
qui est l'objet de ces soins empressés y ait digne-
ment répondu. La société lui a envoyé le prêtre. Le
prêtre a parlé à cette âme; il lui a parlé, disons-le, au
nom de Dieu et comme l'envoyé de l'Eglise, bien plus
qu'au nom de la société dont la mission est assez
suspecte aux yeux des malheureux: la parole du
prêtre est entrée dans ce cœur qui s'en est laissé
pénétrer; les vérités chrétiennes l'ont subjugué
par leur autorité, conquis par leur douceur. Il a
pris au sérieux le fait d'un Dieu venu sur la terre,
d'un Dieu homme, d'un Dieu pauvre, d'un Dieu
jugé, condamné, d'un Dieu mort pour les pé-
cheurs, d'un Dieu qui fait profession de par-
donner. Il a compris la nécessité de la foi à la
parole révélée de Jésus-Christ, la nécessité des
pratiques salutaires prescrites par Jésus-Christ,
et qui font participer les âmes aux mérites de sa
croix et de son sang. Il a versé dans le cœur
d'un juge miséricordieux le secret de toutes ses
fautes; au lieu d'un crime qu'il reniait devant la
justice humaine et que la justice humaine a puni,
il en a confessé mille et il en a reçu le pardon.
On l'a vu, lui que les hommes ont rejeté loin
d'eux, s'avancer vers l'autel, s'asseoir pour la première fois peut-être, à la table d'un Dieu, de celui
qui disait au larron sur la croix : « En vérité, tu se-
ras avec moi aujourd'hui dans le paradis. » Peut-

être le pontife de Jésus-Christ est-il venu se join-
dre à cette fête, et, en présence des magistrats et
de toutes les grandes âmes qui prennent intérêt à
la régénération des coupables, a-t-il fait descendre
les dons et la force de l'Esprit Saint dans ce cœur
réconcilié. Le succès est complet; le malade est
guéri. Que dis-je? parmi les rigueurs de la justice
humaine, il a trouvé le don de la grâce divine; son
châtiment est devenu son salut; sa prison a été pour
lui l'école de la foi et de la piété; et il ne tient à
rien que je ne dise : « Heureuse faute, qui lui a pro-
curé un tel bienfait! » Réjouissez-vous, ô vous tous
qui travaillez à l'amélioration de vos frères; voilà
qu'un d'entre eux qui était mort, vient de revivre :
mortuus erat et revixit.

Mais, qui le croirait? Cet homme que la société
avait séparé de son corps, et qu'elle déclare aujour-
d'hui digne de rentrer dans son sein, — le dirai-je?
— au moment où il reçoit d'elle le baiser de la ré-
conciliation, c'est contre elle-même, contre celle
qui paraît sa bienfaitrice, qu'il faut le prémunir et
le mettre en défiance. C'est elle qui va redevenir pour
lui un piége et un danger. Le captif est devenu li-
bre, il sort de la prison où il laisse à la fois la chaîne
de fer qu'il y avait trouvée, et la chaîne plus lourde
de la corruption qu'il y avait apportée; il sort af-
franchi de ses passions mauvaises, muni des principes solides de la religion, armé de résolutions iné-
branlables de vertu. Mais quel n'est pas son étonne-
ment, quand bientôt il s'aperçoit que ces principes
de religion avec lesquels la société l'a réformé, la
société y est totalement indifférente; que ces pratiques salutaires au moyen desquelles son âme flé-

trie a commencé de refleurir, la société y est absolu-
ment étrangère? Il se met à réfléchir. Il va de mécomptes en mécomptes , de désenchantements en
désenchantements. Ils avaient donc raison, ceux
qui, plus pervers, mais aussi mieux instruits, lui
disaient que la religion était un moyen comme un
autre, exploité par les heureux du monde, pour faire
accepter le malheur à ceux qui manquent de tout.
En fait, ces mêmes hommes, qui prenaient un si
vif intérêt à sa conversion, il n'en rencontre aucun,
le dimanche, autour des autels ; ces mêmes hommes,
qui lui envoyaient le prêtre pour l'instruire et le
changer, ils n'ont aucun rapport avec le prêtre.
Pour tout dire, il est évident que la société, les
chefs de la société ne croient pas un mot, et surtout ne pratiquent pas une syllabe de tout ce qui a
persuadé son esprit et converti son cœur.

Et alors, dans quelle affreuse perplexité, dans
quelle étrange hésitation cet homme ne se trouve-
t-il pas? De deux choses l'une.— Ou bien il a puisé
dans les enseignements du prêtre et dans les sacrements de l'Eglise une foi tellement robuste, une religion tellement solide, qu'en dépit de la contra-
diction qu'il aperçoit, il demeurera fidèle à Dieu, et
se résignera par vertu à occuper honnêtement, humblement, le dernier rang dans une société dont les
hauteurs méritent d'être jugées avec tant de sévé-
rité. Et alors, j'ose le dire, cet homme est un phé-
nomène. Si ce prodige arrive quelque jour, tous tant
que nous sommes, baissons les yeux. La prison en-
fante des âmes plus fortement trempées que celles
qui sont formées dans la famille ou dans les écoles
publiques.— Ou bien, et c'est ce qui arrivera pres-

que infailliblement, la tentation sera trop forte pour ce malheureux. Il reconnaît qu'on a trompé sa simplicité; que la société, plus avancée, plus raffinée que lui, a abusé de ce qui restait de candeur et d'honnêteté dans son âme. Que sais-je, peut-être dans le trouble où s'égare son imagination, il soupçonne le prêtre de s'être fait complice des heureux du siècle, et d'avoir accepté l'affreux ministère de prêcher au malheur une religion qui ne saurait être vraie, puisque la richesse et la science la désavouent. Il retombe dans le scepticisme et le doute ; il se prend à haïr plus fortement que jamais cette société contre laquelle il n'avait été armé jusqu'ici que par la misère, mais qu'il trouve aujourd'hui vile et misérable par sa fourberie sacrilège. C'en est fait, et la perversité de cet homme sera pire désormais que par le passé : *Et fiunt novissima hominis illius pejora prioribus.* (Luc. xi. 26.)

Et que répondre à cet homme? Quand il juge, lui conformément à sa raison, que si le Dieu qu'on lui a prêché était le Dieu véritable, il ne devrait pas être seulement le Dieu des repris de justice, mais aussi le Dieu de tous les hommes qui composent le grand parti de l'ordre, que lui dire? Qui lui persuadera que le Dieu du ciel n'ait de droits à exercer que derrière les verroux? — Un nègre de nos colonies disait à l'une de ces admirables femmes que la France catholique envoie sur tous les points du monde : « Ma sœur, pourquoi donc les vérités qu'on trouve bon que le *père* nous prêche, à nous autres noirs, les blancs ne veulent-ils jamais les entendre? Est-ce que les blancs n'ont pas d'âme? » Ah! c'est parce que la philanthropie de notre siècle n'a rien à répondre à cette interrogation, que tous ses efforts sont frappés de stérilité. J'ai pris pour exemple, et j'ai exposé avec étendue ce qui concerne la réforme des coupables ; j'aurais pu passer en revue toutes les autres tentatives dont nous sommes témoins. L'adulte trouve bon que l'enfant ait de la religion ; le bourgeois trouve bon que l'ouvrier et le prolétaire aient de la religion. Mais de grâce, à quel taux faut-il être imposé pour avoir le droit de se passer de Dieu, et à quel âge est-on émancipé de l'Être souverain ? Les savants, les notables n'ont-ils pas d'âme, et n'y a-t-il de ciel et d'enfer que pour les enfants et les femmes ? Non, évidemment, si la religion est vraie, elle doit être vraie pour tous et s'appliquer à tous.

Résumons ce que nous avons dit jusqu'ici. Les plus louables efforts, tentés par les chefs de la société, ont été infructueux faute de conviction, faute d'exemple pratique, et parce que ces efforts purement humains ne pouvaient pas être bénis de Dieu, et parce qu'étant inconséquents et intéressés, ils étaient suspects à la multitude. Arrivons à d'utiles conclusions en ajoutant quelques mots qui exprimeront plus nettement encore notre pensée et la présenteront sous un nouveau jour.

On a entendu des hommes de notre siècle tenir ce langage désespéré : « Nous avons soigné Babylone, et Babylone n'est pas guérie. Abandonnons-la à elle-même, renonçons à sa guérison ; et peut-être l'excès du mal sous lequel elle succombera bientôt, nous mettra-t-il à l'abri de toutes les craintes que sa corruption première nous inspirait ». Ah !

malheur à celui qui laisserait entrer dans son cœur
cette politique abominable qui est celle de Satan!
Malheur à celui qui croirait se préparer une domi-
nation plus facile et plus assurée en pervertissant
les générations! On a vu des tyrans faire ce calcul
infâme; mais, après un instant d'engourdissement,
bientôt la fureur populaire se rallumait et dévorait
le corrupteur. Non, n'attendez rien de l'impiété,
rien que votre ruine et qu'un désastre universel.
Vous donc qui vous réjouissez de posséder une supériorité quelconque, voulez-vous la conserver?
Ramenez à Dieu le peuple dont vous êtes les guides
et les modèles. — Nous l'avons essayé, dites-vous;
la société avait entrepris cette cure; nous n'avons
pu réussir. — Et moi je vous réponds : Vous n'avez
employé aucun des moyens efficaces ; il est temps
de substituer les remèdes aux palliatifs ; et, pour
votre part, il faut revenir à Dieu SINCÈREMENT,
PRATIQUEMENT, ENTIÈREMENT.

SINCÈREMENT. Le nom français signifie la franchise. On a dit souvent de la France qu'elle a les
défauts de la jeunesse ; je ne m'associe pas à ce re-
proche ; mais assurément elle en a les qualités, et
en particulier la droiture. Tant que nous avons été
religieux, nous l'avons été de tout notre cœur; nous
allions à Dieu de tout notre esprit, de toute notre
âme, de toutes nos forces. Toutes nos institutions, nos
lois, nos doctrines, nos habitudes nous y conduisaient.
Le jour où, nous étant laissé enivrer du breuvage
enchanteur que nous versait la main des sophistes,
nous avons levé l'étendard contre Dieu, nous l'avons
fait à découvert, à la face du monde entier, et avec
cette confiance incroyable que l'on retrouve dans

les saillies inconsidérées comme dans les nobles actions de la jeunesse. Sortirons-nous de cette voie de franchise, et entrerons-nous dans une voie de fourberie et de duplicité? On a beaucoup parlé de temps, anciens déjà, dans lesquels on aurait hypocritement fait servir la religion aux intérêts de la société. Il faut s'entendre. Témoigner beaucoup de religion, quand réellement on en a beaucoup ; vouloir communiquer à d'autres une conviction sincère qui repose au fond du cœur; se faire apôtre de sa foi, propagateur de sa croyance : est-ce là de l'hypocrisie? Je le demande aux vocabulaires; ils me répondent : Non. Qu'il y ait parfois excès, indiscrétion, à la bonne heure; mais professer hautement une doctrine à laquelle on a le bonheur de croire, mais chercher même à recueillir les bienfaits légitimes de cette doctrine, ne sera jamais une hypocrisie, une déloyauté. Au contraire, enseigner seulement un peu de religion quand on n'en a pas du tout; vouloir s'assurer les bénéfices qui résultent de la doctrine chrétienne, quand on repousse pour soi cette doctrine; inspirer à d'autres par intérêt et par calcul des sentiments qu'on ne partage pas : ne serait-ce pas là de l'hypocrisie, de la duplicité? Et s'il en est ainsi, la société moderne, quand elle pose la main sur sa conscience, peut-elle s'absoudre entièrement? Je sais et l'Écriture m'apprend qu'il se trouve là un juste jugement de Dieu, et que sa providence «punit les peuples qui rejettent l'empire de la religion, en les soumettant au règne de la fausseté et de l'hypocrisie.» Mais il n'en est pas moins vrai que l'hypocrisie est le pire de tous les vices, le plus étranger à notre caractère national, et qu'il est impossible, dans aucune conjoncture, de l'admettre comme une nécessité même passagère. Si donc, pour raffermir le monde ébranlé jusque dans ses fondements, il faut rendre au peuple une foi, une doctrine ; si, d'autre part, et nous l'avons démontré, le peuple ne peut recouvrer, conserver sa foi, sa doctrine, que par le concours de ses chefs, il faut en conclure que cette foi, cette doctrine doivent être le partage de tous. Il faut par conséquent, qui que vous soyez, il faut dès aujourd'hui, si vous ne croyez pas encore, examiner, étudier, prier afin de croire ; croire, afin d'avoir le droit d'enseigner ensuite ; se faire adepte, pour devenir apôtre, apôtre sincère : en dehors de là, ce serait l'imposture ; et qui de vous n'est pas révolté à la seule pensée d'être imposteur ?

Mais ce n'est pas assez de croire : il faut agir. Aussi avons-nous dit que c'est votre devoir de vous rapprocher de Dieu PRATIQUEMENT. L'Evangile nous apprend que le Sauveur des hommes « commença par agir, et qu'il enseigna ensuite. » Imposer à d'autres un fardeau que l'on ne voudrait pas toucher du doigt, c'est ce que Jésus-Christ appelait le pharisaïsme par excellence. Sans doute, il ajoutait : « Les scribes et les pharisiens se sont assis dans la chaire de Moïse, faites donc ce qu'ils disent, et n'imitez pas ce qu'ils font. » Mais ce sage conseil ne devait pas être entendu de la foule ; et un peuple qui trouve autour de lui, au-dessus de lui, des exemples contradictoires aux obligations qu'on lui prêche, ne se laissera jamais convaincre efficacement. O vous donc, qui travaillez avec tant d'ardeur à rendre aux intérêts la sécurité par le rétablissement des principes, vous qui parlez, qui

dissertez, qui écrivez, entendez ce que raconte un ancien philosophe : « J'avais essayé de toutes les
» doctrines, dit Justin, lorsqu'un jour, promenant
» mes rêveries au bord de la mer, je vis, en me re-
» tournant, un vieillard tout près de moi. Son ex-
» térieur, assez remarquable, montrait beaucoup
» de douceur et de gravité Nous entrâmes en con-
» versation, il me dit : Je vois que vous aimez les
» discours et non pas les œuvres, que vous cher-
» chez la science et non pas la pratique.. Nous,
» NOUS PARLONS PEU, MAIS NOUS AGISSONS. » Frappé
de ce langage, Justin devint chrétien. O vous qui
êtes animés du noble désir de voir refleurir les principes de la religion et de la morale dans les cœurs
desséchés par le doute et la corruption, permettez-
nous de vous le dire : « VOUS AVEZ ASSEZ PARLÉ, AS-
SEZ ÉCRIT, IL EST TEMPS DE PRATIQUER ET D'AGIR. »
A tant d'efforts spéculatifs, joignez désormais la dé-
monstration qui résultera de vos œuvres. Et, pour
en venir à quelque application tout à fait pratique,
nous vous dirons : Vous voulez moraliser les classes inférieures, et vous vous épuisez à en chercher
les moyens ; mais existera-t-il jamais rien de plus
moralisateur que l'institution du dimanche, tel que
l'église catholique le prescrit? Trouvez le secret de
conduire tous les habitants d'une contrée, d'une
ville, d'une province chaque dimanche à la messe ;
de les entraîner au pied de la chaire chrétienne,
d'où on leur expliquera la doctrine et la morale de
Jésus-Christ; que cela dure six mois; et, sans aucun doute, voilà une ville, une contrée régénérée
tout entière. Or, cette merveille, il ne tient qu'à
vous, hommes du monde qui êtes à la tête de l'in-
dustrie, du commerce, de la propriété, des affaires,

des charges publiques, il ne tient qu'à vous de l'o-
pérer; vous ferez ce miracle quand vous voudrez.
Je sais que votre exemple pour le mal a été plus
contagieux qu'il ne sera puissant pour le bien. Cependant, que tous les hommes qui ont intérêt à la
conservation de l'ordre observent religieusement,
et fassent observer de tous ceux qui leur obéissent,
le jour consacré à Dieu; qu'ils assistent avec foi et
piété au sacrifice des autels; qu'ils entendent avec
docilité et respect la parole évangélique : le jour ne
tardera pas à venir où les multitudes marcheront
sur leurs traces, et bientôt des flots de chrétiens re-
venus à Dieu inonderont l'enceinte trop étroite de
nos temples. — Vous voulez moraliser le peuple, et
vous êtes à bout d'expédients. Mais voici un moyen
infaillible, dont le succès est assuré. Connaissez-
vous rien de plus moralisateur que la confession?
Est-il rien de comparable pour réhabiliter l'âme
dégradée qui n'osait plus se regarder elle-même?
Est-il rien de plus curatif pour le passé, de plus
préventif pour l'avenir? Connaissez-vous rien de
plus moralisateur que la communion? Y a-t-il rien
qui relève plus haut la dignité humaine, qui fasse
mieux sentir aux petits que, malgré leur infériorité,
Dieu les a trop honorés pour qu'ils puissent se croire
flétris par l'inégalité nécessaire qui règne ici-bas?
Trouvez le secret de conduire toute une population
aux tribunaux de la pénitence, et de là à la table
eucharistique; que cela arrive seulement une fois;
et, sans contredit, voilà tout un peuple régénéré.
Or, cette merveille, il ne tient qu'à vous de nous en
donner le spectacle; vous obtiendrez ce résultat
quand vous voudrez. Que tous les hommes influents
de la contrée viennent humblement avouer leurs

fautes, et puiser dans les sacrements catholiques la lumière, la force dont, pour leur part, ils ont assurément besoin ; et bientôt leur exemple sera suivi, et c'est à peine si les prêtres de Jésus-Christ suffiront à remplir le ministère des âmes et à distribuer le pain eucharistique.—Sachez-le donc bien, hommes d'ordre et de conservation : si le désordre finit par triompher en France, s'il vient un jour de complète ruine pour tous les intérêts à la fois, vous serez responsables, au tribunal de l'histoire, d'avoir opté pour tous ces malheurs plutôt que de revenir à la pratique d'une religion qu'avaient pratiquée vos pères pendant quatorze siècles. LE SALUT ÉTAIT POSSIBLE, VOUS N'AUREZ PAS VOULU L'ACHETER A CE PRIX : « Que ces paroles soient écrites pour la génération à venir. »

Enfin, ce n'est pas à moitié, c'est ENTIÈREMENT et sans réserve qu'il faut revenir à Dieu. Il est des choses qui ne sont pas susceptibles d'être divisées, partagées. Telle est la religion. Comme Dieu, dont elle est l'expression sur la terre, elle ne peut être scindée, diminuée ; c'est la tunique sans couture, elle est tout d'une pièce. Vouloir un peu de religion, c'est vouloir l'impossible ; en cette matière, c'est tout ou rien. L'Evangile ne renferme pas un seul chapitre, un seul verset qui soit une superfétation, et qu'on puisse retrancher à son gré. Vous appelez la religion à votre aide, vous avez besoin d'elle ; prenez-la telle qu'elle est sortie des mains de Dieu. N'allez pas croire que Dieu vous permette de retoucher son ouvrage, de l'amoindrir, de l'augmenter, de le modifier selon vos idées. Or, c'est là un des travers de notre siècle ; on veut la religion,

Mais on se réserve de faire un choix entre les divers dogmes, entre les diverses pratiques; on se constitue juge de ce qui est utile, de ce qui ne l'est pas dans l'œuvre de Jésus-Christ. Qu'en arrive-t-il? C'est que, comme on ne reçoit la loi de Dieu qu'avec des restrictions et des réserves, on ne recueille pas tous les fruits qu'on en pourrait attendre. On a demandé quelquefois comment ce qui reste encore de religion parmi nous produisait si peu de résultats. Nous trouverons la réponse à cette question dans une parole du divin Sauveur que l'Evangile n'a pas reproduite, mais que la tradition nous a conservée. Jésus-Christ rencontrait autour de lui trois sortes de caractères : des ennemis ouvertement acharnés contre sa personne, des disciples qui lui étaient entièrement dévoués, et enfin des esprits timides, précautionnés, qui croyaient bien qu'il était le fils de Dieu, mais qui ne l'avouaient pas tout haut, qui craignaient de se compromettre. A ces derniers, Jésus disait : « Si vous venez à moi obliquement, moi aussi j'irai obliquement à vous : *Si oblique in me inceditis, et ego item in vos oblique incedam.* » Or, cette parole de Notre-Seigneur définit parfaitement l'époque dans laquelle nous vivons; et un de nos hommes d'Etat l'a caractérisée en termes analogues. Notre situation relativement à Dieu, notre marche pour tendre vers lui, est essentiellement oblique. En droit, et d'après les principes publics, nous n'y allons pas du tout; en fait, et d'après l'inspiration privée, la saine raison, la nécessité, les habitudes précédentes, nous y allons un peu. Voyez un homme de notre siècle, et jugez si, toute sa vie, il n'est pas tiré en deux sens contraires, et si, par conséquent, sa manière d'aller

Jésus-Christ n'est pas perpétuellement oblique. Il
est né peut-être d'un père incroyant et d'une mère
chrétienne, mais presque à coup sûr d'un père qui
ne pratiquait pas et d'une mère qui pratiquait; pendant le cours de son éducation, on lui a enseigné la
religion de Jésus-Christ jusqu'au jour de sa première communion, et, après ce jour, il n'en a plus
guère été sérieusement question; au sortir du col-
lége il a su que l'on prêchait exclusivement le christianisme dans les églises, et qu'on lui opposait la
philosophie dans les hautes régions de la science;
dans le monde, il a rencontré quelques hommes
estimables et estimés qui observaient la religion,
mais le plus grand nombre des hommes influents
qui n'en tenaient nul compte; il a vu que la puissance publique, professant une absolue neutralité,
une parfaite indifférence à cet égard, se montrait au
dehors tantôt chrétienne et catholique, tantôt déiste
ou athée. Si, après ce spectacle de contradictions
perpétuelles, il lui reste encore quelque sentiment
religieux, n'avons-nous pas raison de dire que c'est
une religion peu ferme, peu assurée, qui n'avance
qu'en hésitant, jamais de front, dont la marche est
incertaine, ambiguë, embarrassée? Et si c'est là
l'histoire de l'individu, c'est surtout l'histoire de cet
ensemble des individus qui s'appelle société. Jamais
attitude n'a été plus fausse, plus mal définie; nous
allons à Dieu obliquement. Or, en revanche, Dieu
ne vient qu'obliquement à nous, c'est-à-dire que,
comme nous accomplissons seulement une faible
partie des devoirs, nous ne recueillons qu'une faible partie des bienfaits de la religion. Le secours
de Dieu nous est dispensé assez pour ne pas mourir,
mais pas assez pour vivre; nous languissons, nous

nous traînons. Il faut à l'homme, à la société, la religion comme l'air, à pleins poumons. Dans cette atmosphère trop rare d'esprit et de sentiment religieux où nous nous sommes placés, *nous vivons*, toujours près de mourir; *nous nous mouvons*, toujours près de nous arrêter; *nous existons*, toujours près de n'être plus (Act. xvii. 28). — Le prophète Ezéchiel nous apprend « qu'outre les diverses ouvertures pratiquées autour du second temple, la lumière y pénétrait par un certain nombre de fenêtres obliques. » Disons-le : la société moderne a muré, condamné presque toutes les ouvertures du temple; elle n'a conservé que les fenêtres obliques; d'où il résulte que la lumière du ciel ne tombe pas sur nous d'aplomb, mais qu'elle nous arrive brisée, amoindrie; il faut que la grâce divine biaise, qu'elle dévie pour s'insinuer dans nos institutions par je ne sais quel jour de souffrance laissé à regret. Ah! resterons-nous toujours dans cette situation équivoque? « Jusques à quand, s'écriait Élie, ressemblerez-vous à l'homme qui boite des deux côtés? Si le Seigneur est Dieu, ne suivez que lui; si Baal est Dieu, ne suivez que Baal. » Oui, si vous avez foi à la philosophie moderne, au rationalisme humain, si vous croyez à ses lumières, à son *ministère spirituel*; il est temps d'en venir aux effets : replacez sur son trône la déesse Raison, vouez-lui un culte exclusif, appuyez vos institutions contre son autel; ne partagez plus vos adorations et vos espérances entre l'Antechrist et Jésus-Christ. Mais si, au contraire, Jésus-Christ est Dieu à vos yeux, si vous jugez que le secours de la vérité chrétienne est indispensable aux hommes et aux choses, ne disputez point avec le Très-Haut; il

soumettez-vous à sa loi telle qu'il vous la présente.
Ne boitons plus des deux côtés : rien à Baal, tout à
Jésus-Christ.

O vous, chrétiens fidèles, qui avez compris depuis longtemps le langage que nous vous tenons
aujourd'hui, vous qui occupez un rang distingué
dans la sphère plus ou moins étendue où les circonstances vous ont placés, et qui, au milieu de
l'apostasie générale, n'avez cessé d'accomplir avec
indépendance vos devoirs envers Dieu, nous ne
vous adresserons point, au nom de la religion, des
éloges et des félicitations. Car nous le savons : « ce
que vous faites, vous devez le faire. » Pourtant, il
est bien vrai de le dire : nous vivons dans un siècle où il est grand de faire son devoir. Un jour, de
nombreux élus, que votre exemple aura conquis à
la grâce et conduits au ciel, vous béniront plus élo-
quemment que nous. Mais si nous n'entreprenons
pas d'acquitter envers vous la dette de la religion,
qu'il nous soit permis de vous bénir au nom de la
société. C'est à ce qui nous est resté de chrétiens
sincères qu'elle devra son salut ; c'est par eux que
la chose publique aura été préservée de sa ruine.
Si l'église de Jésus-Christ ne nous avait conservé
cette semence précieuse, nous aurions eu le sort
des cités que le feu a détruites. Heureusement, au
milieu du déluge, Dieu nous gardait un germe de
résurrection; ce germe, déjà éclos pendant le demi-
siècle qui vient de finir, Dieu le confie, fécond et
plein d'avenir, au demi-siècle qui s'ouvre : de là
naîtra « un peuple que le Seigneur aura fait, un
peuple de création nouvelle, une génération diffé-
rente de l'autre, et qui louera le Seigneur. »

Et vous, qui avez marché jusqu'ici dans une autre voie, rentrez enfin dans le sentier de la vérité; c'est le seul chemin qui conduise à l'ordre. Ne dites plus ce que vous avez dit longtemps : « Nous avons fait un pacte avec le mal; nous n'avons rien à craindre. Quand le fléau dévastateur passera, ce n'est point sur nous qu'il viendra; car nous avons mis notre espérance dans le mensonge, et jusqu'à présent le mensonge nous a bien servis. » Non, ce langage n'est plus possible; nul ne peut se flatter de trouver grâce devant l'ennemi qui nous menace. Que tous entendent donc l'invitation de l'Eglise : « Jérusalem, Jérusalem, reviens vers le Seigneur ton Dieu. » Je ne veux point la mort de cette société agonisante, dit le Seigneur, mais je veux qu'elle se convertisse et qu'elle vive.

Mandement de Mgr l'évêque de Poitiers, 1850.)

Louis-François-Désiré-Edouard

Pie.

FIN.

www.ingramcontent.com/pod-product-compliance
Lightning Source LLC
Chambersburg PA
CBHW070302220626

46818CB00018B/2171